아이와 함께 하는 오늘이
가장 소중한 날입니다

양 혜란

아이와 엄마가 함께 행복해지는 마음필사

엄마공부

아이와 엄마가 함께 행복해지는 마음필사

엄마공부

박
혜
란

토트

엄마 노릇, 그렇게 힘드나요?

엄마들, 오늘은 어떤 하루였나요? 아이 덕분에 흐뭇한 날이었나요, 아니면 아이 때문에 속상한 날이었나요? 이쩌다 이렇게 예쁜 아이가 내 자식으로 태어났을까 싶어 새삼 가슴이 벅차올랐나요? 아니면 내 속에서 나온 자식이 어쩌면 이리도 에미 속을 몰라줄까 싶어 서러움이 복받쳤나요? 혹시 엉뚱한 짓으로 속을 뒤집어 놓는 아이 때문에 짜증을 내지는 않았나요?

저 하나 잘되라고 엄마는 모든 걸 바치는데 철딱서니 없이 엄마한테 눈 흘기는 아이가 야속해서 속으로 눈물을 흘린 건 아닌가요? 어쩌면 이토록 해맑고 사랑스러운 아이한테 그토록 모질고 험한 말을 퍼부었을까 스스로가 한심스러워 쓴웃음을 짓고 있을지도 모르겠네요.

어느 날 우리는 엄마가 됩니다. 아이의 방문 소식을 접한 순간은 기쁨과 설렘에 구름 위를 걷는 기분이지만 정작 아이가 태어날 시간이 다가오면 '나는 아직 준비되지 않은 엄마'라는 생각에 와락 두려움이 몰려옵니다.

엄마라면 누구나 아이를 잘 키우고 싶어 하지만 어떻게 키우는 것이 잘 키우는 건지 자신이 없어서 불안합니다. 내 딴에는 잘 키운다고 한 것이 혹시 나중에 안 좋은 결과로 나타나면 어떻게 하나, 지금은 제대로 키우는 것 같은데 20년 후에 땅을 치고 후회할 일이 벌어지면 어떻게 하나, 남들과 다르게 내 소신대로 키웠다가 혹시 내 아이만 뒤처지면 어떻게 하나, 온갖 걱정으로 엄마는 날마다 흔들립니다. 다른 건 몰라도 내 아이가 잘못되는 것만은 도저히 견딜 수 없을 것 같다는 게 엄마의 마음입니다.

쉽게 키우면 쉽게 크더라고요

제 이야기를 해볼까요? 저는 그저 아이를 맘껏 사랑하기만 하면 되는 줄 알았습니다. 몸 튼튼 마음 튼튼 키우기만 하면 그게 다인 줄 알았습니다. 내 뜻을 앞세우지 않고 아이 뜻을 살피고 그 뜻을 살려주면 되는 걸로 알았습니다. 오래 전, 엄마가 되기 전에 종종 훑어보았던 교육학 책들이나 선인들의 말씀도 다 그렇게 키워야 한다고 했으니까요. 그게 아이 키우는 기본이라고 강조하고 또 강조했으니까요. 아이가 튼튼하게 자라도록 보살피고 시간만 나면 함께 뒹굴면서 아이 키우는 재미를 맘껏 누리면 된다고 했으니까요.

그러다 문득 주위를 둘러보았습니다. 갑자기 가슴이 철렁 내려앉았지요. 친구들도, 동네 엄마들도 나처럼 아이를 키우는 사람은 없었습니다. 그들은 모두 '이상'이 아니라 '현실'에 맞는 엄마 노릇을 하고 있었습니다. 나만 현실을 모르고 있었구나, 나만 꿈속에서 살았구나 하는 생각이 들더군요.

세상에는 아이 키우는 데 필요한 정보들이 차고 넘칩니다. 하나같이 미래는 점점 불확실해지고 경쟁은 점점 치열해지니 앞으로 살아남기 위해서는 아이를 빈틈없이 무장시켜야 한다고 말합니다. 엄마의 정보력이 아이의 미래를 좌우한다고 겁을 줍니다.

엄마는 걱정입니다. 더 이상 느긋할 수가 없습니다. '좋은 게 좋은 거다'라는 신념으로 아이를 닦달하기 시작합니다. 그런데 아이는 왜 이리 뜻대로 안 될까요. 저를 위해서 애쓰는 엄마 마음을 왜 이리도 몰라줄까요. 내가 무슨 영광을 보려고 저를 닦달하는 게 아니잖아요.

나라고 저를 자유롭게 키우고 싶지 않겠어요? 맘껏 놀아보지도 못하고 어린 나이에 이 학원 저 학원 순례해야 하는 아이가 왜 불쌍하지 않겠어요. 하지만 저 놀고 싶은 대로 내버려 뒀다간 요즘처럼 살기 힘든 세상에선 낙오자가 될 게 빤하잖아요. 짠한 마음 억누르면서 미래를 위해서 투자하는 건데 아무리 어린아이라도 어쩜 그리 무정한지요. 나중에 꼭 너 같은 아이 낳아서 맘고생 해보라는 말이 저절로 나올 수밖에요. 지 인생 지 거니까 제발 그냥 놔두고 엄마 인생이나 걱정하라구요? 아니, 지가 인생을 알기나 해요?

강연장에 들어설 때마다 수많은 사람이 저를 바라봅니다. 그런데 그들의 얼굴에서 아이 키우는 즐거움을 찾을 수 없어서 가슴이 답답해질 때가 정말 많아요. 게다가 막상 엄마들의 질문을 들으면 거의 대부분 '쓸데없는' 걱정으로 보인다고 하면 지나친 말일까요?

'아이는 엄마 하기 나름'이라고들 합니다. 엄마의 입장에선 참으로 부담스런 말입니다만 그 말을 이렇게 받아들이면 어떨까요. "아이는 엄마가 쉽게 키우면 쉽게 자라고, 엄마가 어렵게 키우면 어렵게 자란다"고 말이죠. 웃자고 하는 말이 아닙니다. 제 경험으로는 그랬어요.

아이가 태어난 순간 전 첫눈에 반했어요. 이렇게 예쁜 아이가 나처럼 부족한 엄마한테 태어나 준 게 약간은 미안하기도 했지만 과분한 선물에 황홀했지요. 뒤집고 걷고 말하는 과정 하나하나가 신비로워 가슴이 벅찼습니다.

물론 힘들 때도 있었죠. 특히 아이가 아프기라도 하면 불안해서 어쩔 줄 몰랐습니다. 그렇지만 한편으로는 아이가 있으니까 내가 이런 불안을 경험하는구나, 아이는 이렇게 아프면서 크는 거구나, 이런 순간도 금방 지나갈 거야 하며 스스로를 달랬지요. 다섯 살밖에 안 된 아이가 "엄마는 아무것도 몰라!" 하며 절 무시하는 말을 할 때도 이렇게 어린 애가 벌써 엄마가 아무것도 모른다는 사실을 알고 있구나 싶어 대견스러웠습니다.

걱정보다 믿음의 힘으로 키워요

저라고 해서 아이들을 잘 키우고 싶은 마음이야 다른 엄마들과 다르겠습니까? 하지만 제겐 남보다 뒤떨어지면 어떡하나 하는 불안보다 믿음이 더 컸지요. 아이들은 내가 키우려 하지 않아도 스스로 잘 자랄 거라는 믿음 말입니다. 내가 할 일은 아이들이 각자 속에 지니고 태어난 씨앗에 물을 주고 햇볕을 쐬어 주는 것뿐이라고요. 아이들을 가만히 지켜보면 다 저마다의 빛깔로 반짝이는 보석 같지 않습니까?

옆에서 가만히 지켜보면 서서히 그 빛깔이 짙어질 텐데 그 빛깔이 맘에 안 든다고 엄마가 마음대로 나른 색을 칠하려 들면 그런 억지가 또 어디 있을까요?

전 '좋은 엄마'는 아이에게 '올인'해서 세상이 부러워하는 사람으로 키우는 것이라고 생각하지 않습니다. 그런 걸 성공이라고 보지 않았으니까요. 제가 생각하는 성공은 그저 '자기가 하고 싶은 일을 하면서 밥을 먹는 사람'이었으니까요. 성공해야 행복한 게 아니라 행복해야 성공한 것이라고 믿었어요. 오늘을 행복하게 살면 내일도 행복할 거라고 생각했지요. 그래서 아이들한테 되도록 잔소리 안 하기로, 공부 닦달 안 하기로 마음먹었습니다. 이런 저를 보고 주위에선 '순 엉터리'라고 하더군요.

산다는 건 반전의 연속인가 봐요. 그저 옆에서 자라는 걸 보기만 했는데도 아이들이 이른바 명문대학에 들어가는 사건이 벌어졌습니다. 전 하루아침에 엉터리 엄마에서 훌륭한 엄마로 격상되었지요. 그러다가 제 엄마 노릇에 대한 책을 두 권이나 쓰고 여기저기 불려 다니며 강연을 하면서 수많은 엄마들을 만난답니다.

요즘 엄마들이 얼마나 똑똑한데 제가 감히 가르치려 들겠어요. 인생은 남이 이래라저래라 할 수 없잖아요. 어차피 자신만의 선택이잖아요.

제가 책을 쓰고 강연을 다니는 이유는 모든 엄마들의 머리를 뜯어고쳐 나처럼 아이를 키우라고 훈계하려는 게 아닙니다. 다만 저와 비슷한 생각을 갖고 있고 자유롭게 아이를 키우고 싶은데 문득문득 불안이 엄습해와서 흔들리는 엄마들에게 '당신은 잘하고 있습니다. 당신은 혼자가 아닙니다. 이제까지 해온 대로 하세요'라는 위안과 격려를 주고 싶은 겁니다. 나처럼 아이를 키워도 20년 후에 땅을 치고 후회를 하지 않는다는 생생한 예를 보여주고 싶었던 거죠.

물론 어떤 엄마들은 고개를 젓습니다. 당신은 운이 좋아 아이들이 다 잘되었지만 우리 아이를 그렇게 키웠다가는 낭패를 볼 게 뻔하다, 내 아이는 내가 제일 잘 안다……. 제게는 난 내 아이를 절대로 믿을 수 없다는 고백으로 들립니다.

제 말에서 힘을 얻는다는 엄마도 적지 않습니다. 아이는 믿지만 자기 자신을 믿을 수 없어서 불안했는데 동지를 만나서 반갑대요. 자칫하면 흔들리려는 마음을 잡아주어 고맙다는 인사도 듣지요. 또 어떤 엄마들은 아이를 믿어주고 자유롭게 키우는 게 옳다고 생각하면서도 실제로 아이가 노는 꼴을 보면 자제심을 잃는다고 고백합니다. 뭐가 옳은지는 잘 알고 있는데 실천이 어렵다는 거죠.

저는 내답합니다. "그러니까 엄마가 도를 닦으셔야죠." 네, 아이를 키우는 과정은 도를 닦는 것과 같다고 봅니다. 어렵지만 마음을 비우는 연습을 해야 합니다. 엄마들이 흔히 아이에 대한 사랑이라고 착각하는 그

욕심을 내려놓아야 합니다. 욕심이 있는 한 흔들릴 수밖에 없습니다. 엄마가 흔들리면 아이도 흔들립니다. 엄마가 자신 있게 사는 모습을 보여야 아이의 자신감도 덩달아 커집니다. 지금 공부를 좀 못한다고 아이가 꼭 잘못될 것 같으세요? 아닙니다. 공부를 못해도 그걸로 주눅 들지 않는, 마음 근육이 튼튼한 아이라면 아무리 험한 세상에서도 자기만의 꽃을 피울 수 있습니다. 아이를 그렇게 꿋꿋한 사람, 자신을 사랑하는 사람으로 키우고 싶지 않으세요?

쓰는 동안, 내 몸 안으로 들어오는 글자들

이 책은 시시때때로 흔들리는 엄마들의 도 닦기에 도움을 주기 위해서 엮은 것입니다. 엄마들이 평소 읽었거나 들었던 글과 말 중에서 자신의 소신을 지지해주고 자신을 성찰하게 만든다고 생각해서 밑줄을 쳤던 글들을 찾아서 다시 읽고 쓰고 익힌다면 큰 도움이 되리라 생각했습니다. 저도 그랬으니까요. 나 혼자 잘난 척하다가 우리 아이들만 뒤처지는 게 아닌가, 애한테 '올인'하는 게 엄마의 역할이 아닐까라는 생각에 문득 심장이 쿵 내려앉을 때 저는 칼릴 지브란의 『예언자』를 펼치곤 했습니다.

아이들은 그대들을 통해 이 세상에 왔을 뿐
그대들의 것은 아니다.
아이들과 함께 지내고 있지만

그대들은 아이들을 돌보는 관리자일 뿐

결코 소유자가 아니라는 점을 명심하라.

어쩜 이렇게 내 생각과 똑같을까. 저는 제 마음을 알아주는 친구를 만난 듯 큰 위로를 받습니다. 그리고 잠든 아이들을 보며 '너희들은 내 귀한 손님이다. 엄마는 옆에서 지켜만 볼 테니 너희들 뜻대로 잘 자라주렴' 하고 가만히 되뇌곤 했습니다. 그러고 나면 놀랍게도 마음이 편안해졌습니다. 엄마가 사랑하는 마음으로 지켜보기만 해도 아이들은 스스로 잘 자랄 수 있다는 믿음이 더욱 굳어졌습니다.

엄마들도 예전에 읽었던 책에서 머리를 끄덕이고 위안과 격려를 받았던 글들을 다시 한 번 읽어 보면 어떨까요. 눈으로 읽고 마음으로 읽고 소리 내서 읽어 보면 어떨까요. 흔들리던 마음이 차분해질 겁니다. 그리고 한 번만 읽지 말고 반복해서 읽어 보세요. 아마 읽을 때마다 느낌이 달라질 거예요. 여러 번 읽다 보면 남이 하는 말이 아니라 내가 나한테 다짐하는 말로 들리게 됩니다.

그리고 이번에는 손으로 써 보세요. 한 자 한 자 천천히 음미하며 써 보세요. 글자가 내 몸 안으로 들어오는 느낌이 들 거예요. 요즘은 여간해서 손으로 글씨를 쓸 기회가 없잖아요. 아주 짧은 메모도 컴퓨터나 스마트폰이 다 해주기 때문에 쓴다는 일이 점점 낯설어지고 있습니다. 그런데 그런 글들은 그냥 눈을 스쳐 지나갈 뿐이지 마음에 각인이 되지 않지요. 내 손으로 글씨를 쓰면 쓰는 동안만이라도 그 내용은 온전히 내 것이 됩니다. 나중에 그 글을 다시 읽다 보면 쓸 때의 느낌까지 고스란히 되살아날 겁니다.

쉽게, 가볍게, 즐겁게 하는 엄마공부

하지만 쓰는 것 자체에 너무 부담을 가질 필요는 없습니다. 숙제를 하는 심정으로 처음부터 끝까지 교과서를 베끼듯 써 젖히지 마세요. 이 책은 멋지게 완성해서 점수를 받아야 하는 숙제가 아닙니다. 누구에게 보여줄 필요도 없습니다. 그냥 페이지를 넘기다가 마음에 들어오는 글이 있으면 그때그때 옮겨 적으셔도 됩니다.

다 옮겨 쓸 필요도 없어요. 글이 많아서 쓰기 부담스러운 대목은 그냥 읽고 넘어가도 좋고, 그 중 붉은색으로 된 부분만 옮겨 써도 좋습니다. 자기 나름대로 간결하게 정리해서 써놓으면 나중에 읽기에 더 편할 수도 있고요.

외우려 하지 말고 생각의 깊이를 더해 보세요. 곁들여 있는 그림도 보고, 사진도 보고, 색칠도 하며 자신과 대화를 나눠 보세요. 아이 키우기가 생각했던 것처럼 무겁고 어려운 일이 아니라 인생 최대의 즐거움이라는 걸 새삼 깨닫게 될 겁니다. 지금 내 눈앞의 아이가 얼마나 큰 축복인가를 새삼 느끼게 될 거예요. 더도 덜도 말고 그냥 지금처럼만 자라주면 더 바랄 게 없을 것 같다는 충만감이 온몸을 휘감을 겁니다.

이 책에 실린 글들은 제가 흔들릴 때마다 힘이 되어 준 구절과 젊은 엄마들에게 들려주고 싶은 글귀들을 모은 것입니다. 그리고 제가 쓴 두 권의 책, 『믿는 만큼 자라는 아이들』과 『다시 아이를 키운다면』에서 뽑은 글도 제법 됩니다. 엄마들이 격하게 공감을 표한 내용들이라 다시 한 번 읽고 쓰며 음미하면 좋을 성싶어 이 책에서 함께합니다.

우리 쉽게, 가볍게, 즐겁게 아이를 키웁시다. 아이는 믿는 만큼 자라는 신비한 존재랍니다.

2015년 가을의 기운을 느끼며 **박혜란**

우리들의 아기는 살아있는 기도라네

고 정희

(···)
보시오
그리움의 태(胎)에서 미래의 아기들이 태어나니
그들은 자라서 무엇이 될거나
아기들은 우리의 살아있는 기도라네
딸과 아들로 여물어진 아기들이여

우리 아기에게
해가 되라 하게 해가 될 것이니
별이 되라 하게 별로 빛날 것이니

우리 아기에게
희망이 되라 하게 희망으로 떠오를 것이니

그러나 우리 아기에게
폭군이 되라 하게 폭군이 되고
인형이 되라 하게 인형이 되고
절망이 되라 하게 절망이 될 것이니
아기는 우리들의 믿음대로 자란다네

(···)

고정희 시집 <눈물꽃>(1986) 수록

맘껏 사랑하고 즐겨라

이 시간은

바람처럼 지나갈 테니

나는 여자로 태어난 것이 항상 불만이었다. 시어머니도 너는 치마만 둘렀지 남자나 매한가지라고 말씀하시곤 했다. 하지만 아이를 낳고 기른 것만은 절대 양보힐 수 없는 즐거움이고 행복이다. 살림도 육아도 제대로 할 줄 아는 것이 없었지만 아이의 눈웃음 한 번, 옹알이 한 번에 나는 뼛속까지 살살 녹아버릴 것만 같은 행복감을 느끼곤 했다.

아이들에게서 엄마에 대한 절대적인 신뢰를 확인하는 느낌은 다른 어떤 것과도 비교할 수 없이 근사하다. 하루하루 매 순간마다 엄마에게 보내는 세 아들의 무조건적인 사랑은 내게 진짜 사랑이 무엇인지 온몸으로 가르쳐주었다. 아이들을 통해 나는 세상을 신뢰하는 법을 배웠고 사람을 사랑하는 법을 배웠다. 아이들이 아니었다면 나란 사람은 아직도 형편없는 존재로 남아 있을지 모른다. 아이들은 나를 사랑하고 완성시키기 위해 신이 보낸 선물이다.

아이들이 아니었다면

나란 사람은 아직도

형편없는 존재로 남아 있을지 모른다.

아이들은 나를 사랑하고

완성시키기 위해

신이 보낸 선물이다.

아이 키우는 시간은 생각보다 짧다.

지금 당장은 하루하루가 힘에 부치고 고되지만

그토록 재미있고 보람찬 시간은 또다시 오지 않는다.

그러니 맘껏 사랑하고 충분히 즐겨라.

엄마가 아니면 절대로 누릴 수 없는 이 감정,

이토록

황홀한 순간.

이 시간은 바람처럼 지나갈 테니……

좋은 엄마가 되기 위한 결심

1. 엄마는 너의 존재 자체가 고맙다.

2. 너를 있는 그대로 사랑할게.

3. 무슨 일이 있어도 너를 끝까지 믿을게.

4. 네가 하는 말에 항상 귀 기울일게.

5. 너의 생각을 항상 존중할게.

6. 많이 어루만지고 껴안아줄게.

7. 시간을 내서 신나게 놀아줄게.

자식을 키워보지 않으면

부모의 마음을 헤아리기 어렵다.

자식을 낳아 키워봐야 비로소

부모의 마음을 알게 되고

자신이 이 세상에 온 이유를 알게 된다.

그러니 자식을 낳고 기르는 것은

자신에 대한 이해를 확장하고 존재의 이유를

세상에 알리는 일이다.

남녀 간에 사랑이 너무 깊어 집착으로 발전하면 결국 불행의 씨앗이 되듯, 아이에 대한 사랑도 지나치면 집착이 된다. 집착이 지나치면 아이를 지배하고 싶어 하게 되는데, 지배당하는 아이는 지나치게 의존적이 되거나 오히려 반대로 뛰쳐나가려고 한다.

집착하고 지배하지 않으려면 엄마와 아이 사이에 적당한 거리가 있어야 한다. 숨이 가쁠 정도로 꼭 끌어안지 말고 자유롭게 숨을 쉴 정도의 틈을 내주라는 말이다. 너무 밀착되어 있으면 아이를 제대로 관찰할 수 없다. 뿐만 아니라 내가 엄마 노릇을 잘 하고 있는지 판단하기도 어렵다. 아이를 때가 되면 떠날 손님처럼 적당히 거리를 두는 것이 부모 자식 간의 사랑을 더욱 자유롭고 즐겁게 만들어준다.

아이가 처음으로 '엄마'라는 말을 하기까지 2,000번을 듣는다고 한다. 채 1년이 안 되는 시간 동안 2,000번이나 아이와 눈을 맞추며 "엄마!" 연습을 시켰다는 얘기다. 그런데 아이가 커가면서 한두 번 말해서 변화가 없으면 말귀 못 알아듣는다고 나무란다. 2,000번은커녕 200번, 20번도 아닌 2번에서 이미 목소리가 '솔'보다 높이 올라간다.

서두르지 말자. 몇 번이고 알아들을 때까지 가르치자. 반복하면 반드시 달라진다는 것은 얼마나 쉬우면서도 명쾌한 해법인가. 인디언이 기우제를 지내면 반드시 비가 내린다고 한다. 그들의 기우제는 비가 내릴 때까지 계속되기 때문이다.

부족한 것은 아이가 아니라 엄마의 의지와 노력이다. 아이의 부족함을 책망하는 성마른 부모는 되지 말자.

아이는 우리에게 행복 그 자체다. 하지만 아이 키우는 동안 부부간의 생활 만족도는 바닥까지 떨어진다고 한다. 아이 키우는 일에 치여 생활의 소소한 즐거움은 아예 사치품으로 멀찍이 밀어놓은 경우일 것이다.

아이 키우는 데 그렇게 비장한 자세를 잡지는 말자. 신경 곤두세우지 말고, 마음 편하게, 쉽게, 재미있게 즐기자. 아이는 부모 마음이 아니라 할머니가 손주 보듯 하면 한결 쉽고 즐거워진다. 한 걸음 뒤로 물러서서 '이쁜짓'만 눈여겨보자. 무슨 짓을 하든 예뻐 보이는 손주 보듯 말이다.

아들을 위한 기도

주여, 제 아이를 이런 사람으로 키워주소서

자신이 약할 때 이를 분별할 정도로 강하고

두려울 때 자신을 잃지 않는 용기를 가지고

정직한 패배에 부끄러워하지 않고 의연하며

승리에 겸손하고 온유할 수 있는 사람이 되게 하소서

요행과 안락의 길로 인도하지 마시고

곤란과 고통의 길에서 항거할 줄 알게 하시고

폭풍우 속에서도 일어설 줄 알며

패한 자를 불쌍히 여길 줄 알도록 해 주소서

마음을 깨끗이 하고 목표를 높게 하시고

남을 다스리기 전에 자신을 다스리게 하시며

미래를 지향하는 동시에 과거를 잊지 않게 하소서

유머를 알게 하시어

인생을 엄숙히 살아가면서도 삶을 즐길 줄 아는 마음과

자기 자신을 너무 드러내지 않고 겸손한 마음을 가지게 하소서

(다음 장에 계속)

참으로 위대한 것은 소박한 데 있다는 것과

힘은 너그러움에 있다는 것을 항상 명심하도록 하소서

그리하여 그의 아버지인 저는 헛된 인생을 살지 않았다고

나직이 속삭이게 하소서.

- 더글러스 맥아더

딸을 위한 기도

이 아이에게 아름다움을 주소서

그러나 첫눈에 마음을 어지럽히거나

거울 앞에서 제 모습에 도취되는 아름다움은 아니게 하소서

아름다움이 지나친 사람은

그것이 전부라고 생각해

타고난 친절과 올바른 판단력을 잃어버리고

마음을 열어 교류할 친구조차 사귀기 어렵기 때문입니다

이 아이가 예절을 아는 사람이 되게 하소서

매력이란 타고나는 것이 아니라

마음을 가꿈으로써 얻는 것입니다

탁월한 미인은 아니더라도

현명함을 매력으로 바꾼 여인들은 얼마든지 있습니다

사랑을 찾아 방황하며 세월을 허비한 남자들도

친절한 여인에게서는 눈을 떼지 못합니다

이 아이가 무성하고 신비로운 나무가 되어

그 속에서 노래하는 홍방울새처럼

(다음 장에 계속)

자신의 관대함을 주변에 울려 퍼지게 하소서

쾌락 때문에 남자를 쫓아다니지 않게 하시고

시끄러운 시비에 휘말리는 일이 없게 해주소서

이 아이가 비옥하고 부드러운 땅에 뿌리내린

푸른 월계수같이 살게 해주소서.

- 윌리엄 버틀러 예이츠

* 예이츠가 자신의 딸 앤을 위해 지은 시의 일부로, 순수와 고결을 지향하는 귀족주의 정신이 배어 있는 작
  품이다.

나는 아이들을 키우면서

정신이 나간 대신 영혼을 발견했다.

- 리사 T. 세퍼드

뱃속에 있을 때와 마찬가지로 갓난아기들은 엄마 몸의 일부다. 엄마의 젖은 아기에게 포만감을 주고 모유에 들어 있는 엄마의 항체는 아기의 면역력을 키워준다. 엄마가 어루만져주고 안아주면 성장 호르몬이 분비되어 아기의 신체는 물론 뇌도 성장한다. 엄마의 부드러운 애무와 따뜻한 관심은 아기의 몸에 퍼져 있는 스트레스를 분해시킨다.

- 스티브 비덜프 『세 살 까지는 엄마가 키워라』 중

부모의 마음은 다 똑같다.

아이의 안전을 지키고 아이가

세상에 나갈 준비를 시키고

아이의 사랑을 받고 싶은 마음.

결국 아이들은 부모의 바람대로

잘 견뎌낼 것이다.

그리고 부모의 충분한 사랑을 받은 아이는

언젠가 그 사랑을 부모에게 돌려준다.

- 앤서니 울프 『아이가 열 살이 넘으면 하지 말아야 할 말, 해야 할 말』 중

관계에 더 많은 시간을 투자할수록 그 관계로부터 더 많은 것을 얻을 수 있다. 아이들과의 관계도 마찬가지다. 아이와 함께 있는 동안 미처 못 다한 일을 하거나 신문을 읽으면 그 시간은 아무 의미가 없다. 당신은 오로지 그들을 위해 그곳에 있어야 한다.

- 리처드 템플러 『인생잠언』 중

엄마는 백만 번의 부드러운 키스로

제 얼굴을 빚어 주셨죠.

You sculpted my face with a

million tender kisses.

－ 브래들리 트레버 『Dear Mom』 중

2

아이는 엄마가 키우는 것이 아니라

믿는 만큼

스스로 자라는 신비한 존재다

나처럼 운 좋은 엄마가 또 있을까. 변변한 엄마 노릇 한 번 제대로 한 적이 없는데 세 아들 모두 잘 커주었고, 덕분에 나는 '자식농사 잘 지은 엄마'가 되었다. 나는 그냥 낳아주고, 먹여주고, 학비 대주고, 옷 사 입힌 걸로 엄마 노릇을 다했다. 그나마 먹여주는 것도 지금 며느리가 손주들에게 하는 걸 보면 부끄러울 정도로 쉽게, 막 했다. 비교하자면 우리 어머니가 우리 여섯 남매 기르며 하신 것만큼이나 겨우 했으려나…….

아이들도 잘 안다. 어머니가 언제 우릴 키웠냐, 우리는 우리 스스로 컸다는 소리를 아무렇지 않게 한다. 그도 사실이다. 그래도 나는 너희들 스스로 클 수 있도록 마당은 만들어주지 않았냐며 나름 항변을 하곤 한다.

나는 바빠서, 잘 몰라서, 또 털털한 성격 때문에 아이들을 놓아길렀다. 하지만 내가 어떤 노력을 했어도 그보다 더 훌륭한 육아를 하지는 못했을 성싶다. 아이들은 부모가 어떻게 키우느냐에 따라 달라지는 것이 아니라 부모가 어떤 모습으로 살아가느냐에 따라 달라지는 것이기 때문이다. 그러니 아이를 잘 키우려 너무 애쓰지 않았으면 좋겠다. 아이들이 크는 데는 안정감 있고 행복한 부모의 존재가 가장 중요하다.

아이들은 부모가 어떻게 키우느냐에 따라
달라지는 것이 아니라 부모가
어떤 모습으로 살아가느냐에 따라 달라진다.
그러니 아이를 잘 키우려 너무 애쓰지 말자.

내 아이 잘되기, 행복하기를 바라지 않는 부모는 없다. 하지만 남의 아이들은 냉정히 밀쳐놓은 채 그저 내 아이만 잘되기, 행복하기를 바란다면 그것은 정말 어리석은 착각이다. 혼자만 잘 산다면 재미도, 의미도 없다.

내 아이가 남을 딛고 성공한 사람이 되기를 바라는가, 아니면 남과 더불어 행복한 사람이 되기를 바라는가. 아이를 키우면서 조금만 멀리, 조금만 넓게 눈을 돌린다면 그 답은 쉽게 나올 것이다.

그러니 내 아이를 위해서라도 남의 아이에게 손을 내밀자. 내 아이, 남의 아이를 편 가르지 말고 함께 껴안자. 세상의 모든 아이가 우리 아이다. 우리의 품은 우리가 생각하는 것보다 훨씬 더 넓다.

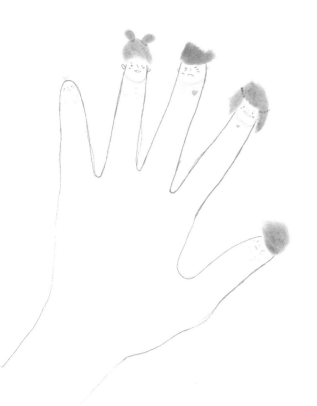

내 아이가 옆집 아이보다

조금 똑똑하다고 뻐길 것도 없고

옆집 아이보다 힘이 없다고 주눅들 것도 없다.

아이들은 때로는 서로 경쟁자일 수도 있지만

길게 보면 동반자다.

옆집 아이가 행복해야 내 아이도 행복할 수 있다.

아이들을 키우려 애쓰지 마라.

아이들은 스스로 자란다.

그들은 믿는 만큼 자라는 신비한 존재다.

아이가 자신의 적성을 찾아낼 수 있도록 돕는 것은
부모의 중요한 역할 중 하나다.
아이가 자기가 진짜 좋아하는 일을 찾아낼 때까지
아이의 작은 몸짓, 작은 소리에도 귀 기울이자.
'내 뜻대로'가 아니라 '자기 뜻대로' 살기를 바란다면 무엇보다
부모의 참을성이 필요하다.

현재의 내가 불만족스러울수록

아이에 대한 기대가 커진다.

기대가 크면 실망도 큰 법.

되돌릴 수 없는 실망은 원망으로 이어진다.

그러나 아이는 나의 분신이 아니다.

내가 이루지 못한 것들을

그들에게 기대할 이유는 하나도 없다.

부모의 신뢰와 심리적 지지를 받고 자란 아이는 자존감이 강하다. 자존감이 강한 아이는 부모는 물론, 자기 자신이 실망할 만한 행동은 절대 하지 않는다.

미국의 철학자이며 교육학자인 존 듀이는 "인간이 가진 본성 중 가장 깊은 자극은 자신이 중요한 사람이라고 느끼고 싶은 욕망이다."라고 했다. 아이가 어디를 가나 중요한 사람이 되기를 바란다면 아이 스스로 자신이 중요한 사람이라고 느끼도록 적극적인 지지를 보내라.

부모가 무심코 내뱉는 말 한마디가 아이의 인생 전체를 좌우할 수 있다. 그러니 아이에게 독이 되는 극단적인 말은 삼가자. '게으른 아이', '산만한 아이' 등 부정적인 낙인을 찍는 말은 특히 나쁘다. 부모는 좀 더 부지런하게 살라고, 좀 더 진득하게 앉아서 차분하게 공부 좀 하라고 별 뜻 없이 내뱉는 말이겠지만 아이에겐 평생 가는 족쇄가 될 수 있다.

아이가 내 뜻대로 된다고 자랑 말고,

아이가 내 뜻대로 안 된다고 걱정 마라.

오히려

아이가 내 뜻대로 된다면 걱정하고,

아이가 내 뜻대로 안 되면 안심하라.

진짜 걱정해야 할 순간은

아이에게 아무 뜻이 없을 때다.

내 아이는 옆집 아이가 아니다. 옆집 부모와 내가 다른데, 그 집 아이와 우리 아이를 비교하는 건 이치에 맞지 않다. 내 아이끼리 비교하는 것도 나쁘다. 우리 셋째는 큰형에 이어 작은형까지 서울대에 들어가자 부담감에 사로잡혔다. 하지만 나는 항상 "하나밖에 없는 우리 셋째 아들"이라며 자신이 형들과 다름없이 사랑받고 있다고 느끼게 하려고 노력했다.

형제가 많으면 아이들은 누구나 엄마 아빠가 누구를 가장 사랑하는지 궁금해 한다. 각각의 아이들 모두 자신이 세상에 단 하나밖에 없는 소중한 존재라는 것을 느끼게 하자. 실제로 모든 아이는 세상에 단 하나밖에 없는 절대적인 존재다. 그들은 모두 부모의 영역이 아니라 신의 영역에 속해 있는 존재들이다.

아이들이 첫 걸음마를 떼기까지 몇 번이나 넘어질까. 겁이 많은 아이, 모험심이 많은 아이 조금씩 다를 수 있지만 아이들은 누구나 넘어지면서 걷는 법을 배운다. 넘어지는 것이야말로 걷기의 기초다. 이때 한두 걸음만 떼면 이내 엄마에게 닿을 수 있다는 믿음은 아이를 훨씬 더 적극적이고 용감하게 만든다.

아이가 넘어져도 걱정할 필요 없다. 아이는 좌절하지 않고 이내 다시 일어서 걸음마를 뗄 것이다. 문제는 오히려 "어이구, 우리 애기!" 하며 달려들어 아이를 일으켜 세우는 엄마 쪽에 있다. 겁내지 말고 기다려보자. 웬만한 어려움은 스스로 이겨낼 것이다.

하버드 재학생 중 스스로 행복하다고 생각하는 학생들이 부모에게 가장 자주 듣는 말은 "다 괜찮을 거야"라는 말이라고 한다. 지금은 어렵겠지만 네가 잘 이겨낼 것을 믿는다는 말은 아이의 높은 자존감으로 연결된다.

- EBS 『어머니전』 중

"다 괜찮을 거야."

"Everything is going to be okay."

아이가 실수할 때

그냥 내버려두지 않는다면

그들은 결코

자기 힘으로 배워 나가지

못할 것이다.

- 리처드 템플러 『인생잠언』 중

평가하지 않고 진심으로 자기를 봐주고

이야기를 들어준다는 느낌이야말로

우리가 아이들에게 줄 수 있는

최상의 선물 중 하나다.

- 수잔 스티펠만 『힘겨루기 없는 양육』 중

생활 속에서 배우는 아이들

꾸지람 속에 자란 아이 비난하는 것을 배우고

미움 받으며 자란 아이 싸움질을 하게 된다.

놀림 속에서 자란 아이 수줍음을 타게 되고

창피를 당하며 자란 아이 죄의식을 갖게 된다.

관용 속에서 자란 아이 자신감을 갖게 된다.

칭찬을 들으며 자란 아이 감사할 줄 알게 되고

공정한 대접 속에서 자란 아이 정의를 배우게 된다.

안정 속에서 자란 아이 믿음을 갖게 되고

인정받으며 자란 아이 자신을 사랑할 줄 알게 되며

인정과 우정 속에서 자란 아이

온 세상에 사랑이 충만함을 알게 된다.

– 도로시 로 놀트 『천국으로 가는 시』 중

아이들은 그대들을 통해 이 세상에 왔을 뿐

그대들의 것은 아니다.

아이들과 함께 지내고 있지만

그대들은 아이들을 돌보는 관리자일 뿐

결코 소유자가 아니라는 점을 명심하라.

- 칼릴 지브란 『예언자』 중

실패를 경험한 자녀에게 그런 일은 중요하지 않다고,

대수롭지 않은 문제이며 다시 도전할 수 있다고,

잘할 수 있는 다른 일도 얼마든지 많다고 말한다면,

이는 아이에게 너의 감정은 옳지 못하며

그렇게 좌절해서는 안 된다고 말하는 것과 다름없다.

이때 당신이 반드시 기억해야 할 핵심은,

너의 마음이 얼마나 아픈지 충분히 알고 있으며,

그렇게 느끼는 것이 당연하다고 말함으로써

아이가 자신의 감정에 솔직할 권리를 주어야 한다는 점이다.

- 리처드 템플러 『부모잠언』 중

자녀들에게 부모의 사랑이란, 누군가와 나누어 먹어야 할 파이 조각 같은 것이다. 부모는 온전한 파이를 아이마다 하나씩 준다고 생각하지만, 받아먹은 아이 입장에서는 항상 조각만 먹는 심정이다. 부모의 사랑이 크다 해도 나누어 먹는다는 속성 자체는 변하지 않는다. 파이 나누기의 특징은 항상 남의 것이 더 커 보인다는 것이다. 이것이 형제들 속에서 자라는 아이의 딜레마다.

– 박경순 『엄마교과서』 중

실수를 하면서 보낸 인생이

아무것도 하지 않고 보낸 인생보다

훨씬 더 영예로울 뿐 아니라

훨씬 더 유용하다.

- 조지 버나드 쇼

아이들에게 조언하는 최선의 방법은

먼저 아이들이 원하는 것을 알아낸 다음에

그걸 하라고 조언하는 것이다.

- 해리 S. 트루먼

원칙은 그저 그어놓은 선일 뿐이다.

넘을 수도 있고, 넘는다 해도 할 수 없다.

하지만 시간이 오래 지나면

그곳에 선이 있다는 것을

아이들은 알게 된다.

- 박경순 『엄마교과서』 중

인간이라면 누구나 실수를 해야 할 필요가 있다. 그리고 이왕 실수를 할 바에야 어린 시절에 하는 게 더 낫다. 어린 시절의 실수는 회복이 빠르기 때문에 실수로 인한 충격을 보다 쉽게 극복할 수 있다.

- 리처드 템플러 『인생잠언』 중

3

아이의 미래를 불안해하지 말고

아이의 오늘을

행복하게 만들어라

아이가 세 살이면 엄마 나이도 세 살이라고 했다. 정말로 단순하면 서도 뜻이 깊은 말이다. 어린 아이가 매사에 서툰 것처럼 엄마도 경력이 짧으면 서툴 수밖에 없다. 내가 너무 부족해서 아이를 망칠 것 같은가. 두려워할 것 없다. 특별한 경우가 아니면 아이와 함께 부모도 성장한다. 오늘보다 내일이 나을 것이고, 올해보다는 분명 내년이 나을 것이다. 경험만큼 좋은 선생은 없으니까 말이다.

중요한 것은 부모가 굳건히 뿌리를 내리고 흔들리지 않는 것이다. 그 방법이 조금 잘못되었다 하더라도 그 뿌리가 흔들리지 않으면 분명 아이는 부모의 뒤를 보고 따라 오게 되어 있다.

두려워하지 마라.

아이와 함께 부모도 성장한다.

오늘보다 내일이 나을 것이고,

올해보다는 분명 내년이 나을 것이다.

경험만큼 좋은 선생은 없다.

아이의 미래를 불안해하지 말고

아이의 오늘을 행복하게 만들어라.

요즘 젊은 엄마들을 만나면 표정이 똑같다. 초조하고 불안하다. 두 살짜리에게 영어공부를 시키는데 몇 십만 원이 든다고, 초등학교 4학년인데 과외를 네 개밖에 못 시킨다고, 자식을 글로벌 인재로 키우려면 일찍부터 투자를 해야 하는데 형편이 안 된다고 울상들이다.

자식을 키우는 데 돈이 드는 건 사실이지만 돈을 많이 들인다고 자식이 그만큼 더 잘 크는 건 절대 아니다. 자식은 공산품이 아니다. 자식은 내가 잘 모르는, 나와 다른 사람이다. 남 보기에 번듯하게 키울 생각에 앞서 내 자식을 조금이라도 더 알려고 애써야 한다. 소통해야 알 수 있고 알아야 제대로 키울 수 있다.

엄마의 사랑은 무한하지만 엄마의 능력은 유한하다.

세상의 좋은 것만 모두 모아

아이에게 주고 싶은 것이 엄마 마음이지만

그것은 불가능한 일이다.

모성을 초능력으로 착각하지 마라.

엄마의 사랑이 아무리 커도

사랑만으로는 안 되는 일이 있게 마련이다.

"다 너 잘 되라고 하는 소리다."

이 말 뒤에는

엄마의 소유욕과 명예욕이 숨어 있을 수도 있다.

내가 이루지 못한 꿈을

아이를 통해 이루려 닦달하지 말자.

집이 당신을 위해 존재하는 것이지,

당신이 집을 위해 존재하는 것이 아니다.

집을 어지럽힌다고 아이들을

지나치게 구속하는 엄마들이 있다.

너무 깔끔한 집안에서는

아이들의 상상력이 잘 자라지 않는다는 이론도 있다.

그러니 너무 쓸고 닦지 마라.

하루라도 집을 비우면 모든 것이

엉망이 되어버릴 것 같은 생각에 몸이 아파도

입원을 못 한다는 엄마들.

하지만 막상 엄마가 며칠 집을 비워도 아이들은

별일 없다는 듯 잘 살아간다.

엄마의 의도적인 착각에서 벗어나자.

아이를 엄마 없이는 아무것도 못 하는 무능력자로 만들지 말자.

혼자서도 살아갈 수 있는 자생력을 키워주는 것이

엄마의 역할이다.

아이를 키울 때는 부모와의 '애착' 형성이 매우 중요하다.

하지만 그 애착이라는 게 평생을 끌어안고

볼 비벼대는 것을 의미하는 것은 아니다.

애착은 그 자체로서도 중요한 의미를 지니지만

궁극적으로는 '분리'를 목적으로 하는 것이다.

아이가 평생 부모 곁을 맴돌며

의존적으로 살아가는 걸 원치 않는다면 처음부터

'떼어보내기' 훈련을 해야 한다.

애착이 잘 이루어진 아이들은 분리도 잘 이루어진다.

흔히 심리적 이유기라 하는데,

이 '마음의 젖떼기'가 잘 이루어져야

아이들이 스스로 자기 삶의 주인이 되어 살아갈 수 있다.

부모에 대한 믿음이 충분한 아이들은

그 사랑을 발판으로 삼아 두려움 없이 세상으로 나간다.

아이들이 결혼한 뒤에도

엄마를 나 몰라라 하지 않기를 바란다면

아이가 어렸을 때부터

밀어내기 연습을 하면 된다.

사람이란 원래

떠나보내려고 하면 다가오고 싶어 하고

다가가면 떠나가고 싶어 하는 존재이니까 말이다.

아이들이 독립적인 인간으로 성장하기 바란다면 일찍이
엄마 없이 사는 허전함과 자유로움을 만끽하게 해주어야 한다.

엄마라는 이름에 당신의 인생을 송두리째 갖다 얹지 마라.

그러면 아이들은 엄마를 무거운 짐으로 여기게 된다.

어린이 행복선언

1. 마음껏 신나게 놀고 나면 행복해요. 놀 곳과 놀 시간을 주세요.

2. 포근하게 안아주면 행복해요. 많이많이 안아주세요.

3. 하늘을 보고 꽃을 보면 행복해요. 자연과 더불어 살게 해주세요.

4. 맛있는 걸 먹을 때 행복해요. 좋은 먹을거리를 주세요.

5. 책을 읽을 때 행복해요. 책을 읽어주세요.

6. 어른들이 기다려줄 때 행복해요. 잘 못하고 느려도 기다려주세요.

7. 제 말을 귀담아줄 때 행복해요. 제 이야기를 들어주세요.

8. 제 힘으로 무엇을 했을 때 행복해요. 저 혼자 할 수 있게 해주세요.

9. 어른들이 행복해야 우리도 행복해요. 모두 함께 행복하게 해주세요.

10. 다른 아이들이 행복해야 저도 행복해요. 모든 아이들이 저처럼 행복하게 해주세요.

* '어린이 행복선언'은 2012년, 전국 공동육아 어린이집 아이들로부터 의견을 모아 교사들이 정리한 것이다.

석유왕 록펠러는 기부왕으로도 유명하다. 그의 재산은 현재 가치로 따졌을 때 빌 게이츠의 3배 이상 되었다고 한다. 그의 아버지 윌리엄은 어릴 때부터 그를 사업가로 키우기로 결심하고 혹독하게 훈련시켰다.

"나는 기회가 있을 때마다 아들들을 골탕 먹이곤 했다. 힘들게 만들면 녀석들은 그걸 발판 삼아 훌쩍 성장했다."

악역을 자청한 아버지가 있었기에 록펠러는 세계 최고의 갑부가 될 수 있었던 것이다.

아이들에게 육체의 집을 마련해 준다고 해서

영혼의 집까지 지어주려고 하지는 말라.

아이들의 영혼은

아이들 스스로가 짓고 있는 내일의 집에서

그대들이 결코 들어갈 수도 없는

꿈속에서조차 가 볼 수 없는 그들만의 집에서 살고 있다.

- 칼릴 지브란 『예언자』 중

아이를 야단칠 때 부모가 느끼는 인생의 고통을 끼워 넣지 말라. 잘못한 행동 하나를 꾸짖으면 아이는 무엇을 고쳐야 되는지 알게 된다. 실천은 그 다음 문제다. 그러나 자신의 잘못 때문에 2차적으로 발생하는 엄마 개인의 깊은 인생 고통에 대해서는 자신이 무엇을 어떻게 해야 하는지 알지 못한다. 개인적인 푸념이나 한탄은 역효과만 불러일으킬 뿐이다.

– 앤서니 울프 『아이가 열 살이 넘으면 하지 말아야 할 말, 해야 할 말』 중

아주 어릴 때 사랑을 듬뿍 받으며 안전하다는 내적인 경험을 축적한 아이는 성인이 되어 힘든 상황을 맞아도 쉽게 회복하는 탄력성을 발휘한다. 이는 어린 시절의 기억에서 비롯된 내면의 안정감과 세상에 대한 호감을 바탕으로 형성된 것이다. 사랑받고 자란 사람이 냉혹한 현실도 잘 이겨낸다.

– 스티브 비덜프 『세 살까지는 엄마가 키워라』 중

부모라면 누구나 자녀들이 위험을 겪지 않도록 막아주고 싶어 한다. 하지만 우리는 때때로 그런 근심 걱정을 일단 접어두고 아이들이 혼자 앞을 향해 계속 나아가게 해주어야 한다.

– 리처드 템플러 『인생잠언』 중

우리의 심기를 건드리는 것은

사건 그 자체가 아니라

그 사건에 관한 우리의 생각과 믿음이다.

아이들이 이러저러하게 행동해야 한다는

부모의 생각과 믿음이

부모로 하여금 냉정을 잃게 만든다.

- 수잔 스티펠만 『힘겨루기 없는 양육』 중

4

아이를 키우려 애쓰지 말고

당신 자신을 키워라

마흔이 다 되어 다시 공부를 시작했을 때 나는 모든 것을 제로 베이스에서 시작해야 했다. 머리가 있어야 할 자리에 의욕만 자리하고 있는 것 같은 생각에 가슴이 답답할 때가 많았다.

어느 날, 자정 넘도록 공부를 하다 '정말이지 해도 해도 모르겠네!' 하는 생각에 연필을 집어던졌다. 전설처럼 오래된 이야기지만 '그래도 내가 서울대를 나온 사람인데 이렇게 돌대가리일 수가 있을까' 하는 생각에 화가 치밀어 눈물이 쏟아졌다. 급기야 책상에 엎드려 흐느끼고 있는데, 문득 등 뒤에 따뜻하고 묵직한 중량감이 느껴졌다. 둘째였다. 자다 말고 소변이라도 보러 나온 모양인데, 엄마라는 사람이 그러고 있었으니 참······.

"엄마, 꼭 1등 안 해도 돼. 그냥 열심히 하면 되는 거야."

갓 열 살 넘은 아이에게 위로인지 야단인지 모를 것을 받고 보니 정신이 번쩍 들었다. 그날 이후 나는 공부를 하다 한숨이 나올 때면 항상 그날 밤을 떠올렸다. 그 순간처럼 따뜻한 기억이 쌓여 지금의 내가 있는 것이리라.

"엄마, 꼭 1등 안 해도 돼.

그냥 열심히 하면 되는 거야."

나는 공부를 하다 한숨이 나올 때면 항상

갓 열 살 넘은 아이에게

위로인지 야단인지 모를 것을 받았던

그날 밤을 떠올렸다.

우리 시대의 부모들은

자신의 인생을 완전히 포기하고

자신을 완전히 소진시켜야만 아이를

잘 키우는 것이라고 생각했다.

하지만 지금의 부모는 아이와 함께 성장해야 한다.

흔히 주부 나이 1년에

지적 능력 1년씩 까먹는다고 하는데,

그러다간 이내 아이들에 뒤처져

도태되고 말 것이다.

모성은 모든 생명이 있는 것을 싸안는 무조건적인 사랑,
맹목적인 사랑이다.
인류를 구원할 가장 위대한 힘이다.
하지만 엄마라는 이름 아래 자신을 죽여 가며
가족에게 모든 것을 쏟아 붓는 것이 진정한 모성이라고
확대 해석하지는 말자.
내가 없으면 그 무엇도, 어느 누구도 감싸 안을 수 없다.

엄마가 하루 종일

옆에 붙어서 아이를 키운다고 해서

아이들이 모두 문제없이 크는 건 아니다.

엄마가 일을 하건 안 하건

아이에게 정서적 안정감을 주기 위해서는

부모가 먼저 안정되어야 한다.

아이들에게 독서의 중요성을 백 번 강조해봤자 책 읽는 습관을 만들어주기란 쉽지 않은 일이다. 부모가 항상 책을 가까이 하는 모습을 보여주고 집안 어디서건 책을 접할 수 있게 해주면 아이들은 자연스레 책을 펼쳐들게 된다. 서점이나 도서관처럼 잘 정리하지 않아도 된다. 뒤섞이면 뒤섞이는 대로 먼지가 쌓이면 먼지가 쌓이는 대로 그냥 두어도 괜찮다. 어쩌면 책은 편하게 볼 수 있게 늘어놓는 게 가장 좋을지도 모른다.

다산 정약용은 책을 읽고 글을 쓰는 것을 낙으로 삼아 유배지에서의 시간조차 그것을 즐기는 시간으로 보냈다 한다. 그가 자녀들에게 보낸 편지에는 다음과 같은 내용이 있다.

소매가 길어야 춤을 잘 추고 돈이 많아야 장사를 잘하듯, 머릿속에 책이 5천 권 이상 들어 있어야 세상을 제대로 뚫어보고 지혜롭게 판단할 수 있다.

부모가 아이의 인생 설계를 해주겠다고 나서는 것은 얼마나 어리석은 일인가. 우리는 단지 부모라는 이유로, 아이들보다 조금 먼저 태어났다는 이유만으로 그들의 인생을 설계해 주어야 할 책임감을 느끼면서 산다. 그러나 어쩌면 그건 아이에게서 자기가 살아갈 인생을 빼앗는 일이 될 수도 있다. 단지 먼저 태어나고 오래 살았다고 해서 인생에 대해 잘 아는 것은 아니기 때문이다.

심리적, 시간적, 경제적으로 내가 갖고 있는 걸 자식에게 몽땅 쏟아 붓지 말자. 그렇게 하지 않으면 불안해서 견딜 수 없다면 최소한 경제적으로만이라도 '올인'하지 말자. 많든 적든 현재 사교육비의 절반을 뚝 잘라서 노후자금으로 모아두자. 이런 일로 자녀에게 인색한 부모라고 손가락질을 할 사람은 없다. 정말 자녀를 위하는 부모는 나중에 저 살기도 바쁜 자녀에게 경제적 부담을 주지 않는 부모다.

부모라면 누구나 아이를 무조건 사랑한다고 말한다. 그렇다면 곰곰 생각해보자. 정말로 무조건 사랑하는 게 맞을까? 혹시 아이가 내 마음에 들 때만, 나를 즐겁게 해줄 때만 사랑하는 건 아닐까? 공부를 잘 하니까, 말 잘 듣고 착하게 구니까 사랑하는 건 아닐까? 고집 부리고 말 안 듣고, 밤새 울고불고, 틈만 나면 소리 지르고 아무데서나 벌렁 드러누워 떼를 부리면 어떨까? 그래도 당연히, 감사한 마음으로 사랑하는 것 맞을까?

무조건적인 사랑을 퍼부어야 아이가 포만감을 느낀다. 아이를 있는 그대로, 부족하면 부족한 대로 받아들이자. 아이가 부족하면 그만큼 부모가 채우면 된다. 그렇게 아이를 키우고 부모 자신을 키우는 것이 부모가 되어가는 과정이다.

부모들은 지나치게 가르치려 한다. 하지만 변화는 항상 더디게 일어난다. 당신이 아이의 흠을 잡아내고 바로잡으려고 아등바등하지 않아도 시간이 흐르면 아이들은 자연스럽게 부모가 가르친 대로 어른이 된다. 부모가 충분히 올바른 삶의 방식을 알려주고 또 보여주었다면 그 다음은 가르쳐서 이루어질 일이 아니다.

– 앤서니 울프 『아이가 열 살이 넘으면 하지 말아야 할 말, 해야 할 말』 중

아이는 부모를 보면서 자신에 대해 알게 된다.

또한 부모의 자존감과 아이의 자존감은 닮는다.

아들은 아버지의 자존감을,

딸은 어머니의 자존감을 닮는다.

- 조세핀 킴(하버드대 교육대학원 교수)

그대들이 현명하다면

아이들을 그대들과

똑같이 만들려 하지 말고

그대들 자신이 아이와 같이 되려고

노력해야 하리라.

- 칼릴 지브란 『예언자』 중

자녀에게 자신감을 키워주는 일은

부모가 해야 할 가장 큰 숙제다.

이 숙제를 풀기 위해서는

부모도 배워야 한다.

배운 부모에게서 배운 아이들은

다른 사람의 감정계좌에

좋은 감정을 예입할 수 있는 일을 찾아서 한다.

- 이민정 『우리 아이 지금 습관으로 행복할 수 있을까?』 중

부모는 아이로 하여금

보복에 대한 두려움 없이

공격할 수 있도록 해주어야 한다.

– 도널드 W. 위니콧

부모는 아이에게

설교하는 내용을 먼저 실천해야 한다.

그렇지 않으면

아이에게 말은 할 수 있어도

가르칠 수는 없다.

- 아널드 H. 글래스고우

아이는 우리를

생생하게 지켜보고 있다.

우리의 모습은

우리가 말로 할 수 있는 것보다

더 많은 것을

이야기해주고 있다.

- 윌프레드 A. 패터슨

이 세상의 모든 부모가 최고로 훌륭한 부모가 될 수는 없다. 당신
의 부모 역시 당신을 위해 최선을 다했다. 어머니가 당신을 낳아주
었다는 사실만으로도 당신은 자신의 어머니를 존경해야 한다.

– 리처드 템플러 『인생잠언』 중

5

슈퍼맘이 아니어도 괜찮다,

남편과

손을 맞잡아라

강연장에서 만나는 엄마들의 상당수가 "혼자 애 키우기 너무 힘들다"고 하소연한다. 여기서 혼자라는 건 아빠의 부재보다 무관심을 얘기할 때가 많다. 여성의 사회활동이 일반화되었지만 육아나 살림은 아직도 엄마들의 몫으로 남겨져 있다.

워킹맘들은 하루 종일 까치발로 외줄타기를 하는 기분이다. 이렇게까지 악다구니를 쓰며 살아야 하나 싶은 마음에 하루에도 몇 번씩 목구멍으로 울음이 치밀어 오르는데 남편은 분위기 파악 못 하고 헛소리만 빵빵 해댄다. 애 키우는 일은 강 건너 불 보듯 하다가도 어쩌다 애가 다치거나 성적이 떨어지기라도 하면 '당신은 대체 뭐하는 사람이냐'는 비난의 화살이 돌아온다. 전업주부들의 상황도 크게 다르지 않다. 집안일은 업무의 중대성에 비해 경제적으로 하향평가 되고 있어 가슴 칠 만큼 억울한 순간이 한두 번이 아니다.

아이를 키우는 것은 엄마의 홀로서기가 아니다. 엄마가 아무리 잘한다 해도 아빠와 역할을 나누고 힘을 합친 것만은 못하다. 엄마와 아빠가 뜻을 맞춰서 한 방향을 바라볼 때 아이도 행복하고 엄마 아빠도 행복하다. 너무 애쓰지 말자. 너무 잘하려, 슈퍼우먼이 되려 발버둥치지 말자. 안팎으로 다 잘해내는 사람은 없다. 힘들 때는 남편에게 손을 내밀고 뜻을 모아야 한다. 그 사람만큼 나와 우리 아이를 잘 알고 믿고 아끼는 사람은 없기 때문이다.

아이를 키우는 것은 엄마의 홀로서기가 아니다.

엄마가 아무리 잘한다 해도 아빠와

역할을 나누고 힘을 합친 것만은 못하다.

엄마와 아빠가 뜻을 맞춰서 한 방향을 바라볼 때

아이도 행복하고 엄마 아빠도 행복하다.

엄마 노릇에 정답이 없듯이

아빠 노릇에도 정답은 없다.

다만 아빠라는 사람을

아이들이 잘 이해하게 만들 수만 있다면

그것으로 족하다.

요즘 남자들이야말로 유사 이래 가장 좋은 세상을 만났다. 아버지 세대로 말할 것 같으면 명색이 가장 대접이지 실은 가족들로부터 철저하게 소외받고 살아 온 게 아닌가 말이다. 그저 일하는 기계로 일생을 보낸 아버지세대 남자들은 일에서 떠난 다음 그들 앞에 놓인 기나긴 인생이 당혹스럽기만 하다. 사는 재미를 박탈당했던 아버지세대야말로 가련한 남자들이다.

그러니 젊은 아빠들이여, 짐이 너무 무겁다고 불평하지 말라. 오히려 많은 짐을 나눠 진 걸 고마워해라. 오늘도 바깥일과 집안일, 그리고 아이 키우는 일로 어깨가 빠질 듯한 아빠들, 당신들은 정말 잘 살고 있는 거다. 당신의 큰 곳간을 차곡차곡 채워 나가고 있는 것이다. 그러니 찡그리지 말고 웃어라. 모든 걸 즐겨라.

아빠의 육아 참여는 의무가 아니라 권리다. 아이와 체온을 나누고 눈을 맞출 수 있는 시간은 축복이다. 이 축복이 주어지는 시간은 얼마 되지 않기 때문에 하루 30분이라도 아이와 어울리는 시간을 내기를 권한다. 아이를 먹이고 씻기고 입히고 책을 읽어주고 함께 공을 차는 일은 휴식이 필요한 아빠들에게는 귀찮게 여겨질 수도 있다. 그러나 아이가 어릴 때 친밀감을 쌓지 못한 채 사춘기를 맞이하게 되면 아빠와 아이들이 가까워질 시간은 다시 오지 않는다.

아빠가 아이에게

상처 주는 말이나 행동을 하면

엄마들은 견딜 수 없이 화가 난다.

하지만 그 순간,

남편을 향해 소리 지르기 전에 기억할 것 하나,

아빠도 아이 때문에 상처 받을 때가 있다.

남편을 친구 남편과 비교하지 말자.

비교는 아이들에게나 어른에게나 백해무익한 것이다.

작은 것 하나라도 잘하는 것이 있으면

부풀려 칭찬해서 북돋워주고

그만의 스타일을 만들어 주어야 한다.

어쩌면 칭찬은 아이 보다 남편에게

더 잘 먹히는 특효약인지도 모른다.

입장 바꿔 생각해보라.

남편이 시시콜콜 나와 옆집 엄마를 비교하면 어떻겠는가.

그것 참, 생각만으로

기분 나쁜 일 아닌가.

남녀 간에 사랑이 넘치면

너냐 나냐 구분이 없어진다고 한다.

하지만 사랑할수록 '경계'가 분명해야 한다.

부부라는 이름의 친밀감 속에 매몰되어

'나'를 잃어버리면

결국 그 친밀감은 기댈 곳을 잃고

안개처럼 흩어져버린다.

자기만의 방을 갖지 못한 사람이 꼭 여자만은 아니다.

나처럼 평생 동등한 부부관계를 부르짖어온 사람도

남편에게 참 많이 의지하고 의존하며 살아왔다는 것을

문득문득 깨닫는다.

그에게도 그만의 시간,

그만의 공간이 필요하다는 것을 인정하자.

아이를 있는 그대로 받아들여야 한다는 생각은 갓 엄마가 되었을 때부터 본능적으로 깨달아 수십 년 동안 한 치의 흔들림도 없었다. 그런데 남편을 있는 그대로 받아들여야 한다는 것은 퍽도 늦게 깨달았다. 오랜 세월, 나는 남편을 내가 만든 틀 속에 가둬놓고 거기서 조금이라도 벗어나면 이내 못마땅해서 얼굴이 굳어지곤 했다. 하지만 아무리 얇은 테두리라도 타인의 만든 틀 속에 갇힌 사람은 호흡곤란을 느낄 수밖에 없다. 그에게 결계를 친 틀을 거두고 그가 편하게 숨 쉴 수 있게 해주자. 그는 나의 남편이나 아이의 아버지이기 전에 한 사람의 남자이니 말이다.

싸움 때문에 부부 사이가 틀어질 정도라면 당신이 먼저 사과하라. 누가 먼저 시작했든 상관하지 마라. 무엇 때문에 시작되었는지도 신경 쓰지 마라. 누가 옳고 그른지도 따지지 마라. 책임의 소재가 누구에게 있는지에 대해서도 개의치 마라. 그냥 당신이 먼저 미안하다고 말하면 된다. 그것이 삶의 지혜다.

당신은 지금 당신이 저지른 잘못이나 실수에 대해 사과하는 게 아니다. 당신은 다툼을 미연에 방지할 정도로 성숙하게 행동하지 못한 것, 이성을 잃고 화를 낸 것에 대해 사과하는 것이다. 미안하다고 말하면서도 당신은 여전히 강하고 사과하면서도 당신의 자존심은 흔들리지 않는다.

– 리처드 템플러 『인생잠언』 중

아이는 엄마가 쉽게 키우면 쉽게 자라고,

엄마가 어렵게 키우면 어렵게 자란다.

엄마공부

초판 1쇄 발행 2015년 10월 14일   초판 19쇄 발행 2025년 2월 11일
지은이 박혜란   그린이 박진주   펴낸이 김영범

펴낸곳 (주)북새통 · 토트출판사
주소 서울시 마포구 월드컵로36길 18 삼라마이다스 902호 (우)03938
대표전화 02-338-0117   팩스 02-338-7160
출판등록 2009년 3월 19일 제 315-2009-000018호   이메일 thothbook@naver.com

ISBN 978-89-94702-57-5 04810
ISBN 978-89-94702-51-3 04810(세트)